21 Avril 1910

marque PN

OBJETS D'ART

ET

D'AMEUBLEMENT

Faïences — Canapés en ancienne tapisserie

TABLEAUX MODERNES

OBJETS D'ART

ET

D'AMEUBLEMENT

Faïences — Canapés en ancienne tapisserie

TABLEAUX MODERNES

CONDITIONS DE LA VENTE

Elle sera faite au comptant.

Les adjudicataires paieront *dix pour cent* en sus des enchères.

L'exposition mettant le public à même de se rendre compte de l'état et de la nature des objets, aucune réclamation ne sera admise une fois l'adjudication prononcée.

Paris. — Imp. Georges Petit, 12, rue Godot-de-Mauroi. — 20590-10.

CATALOGUE

DES

OBJETS D'ART

ET D'AMEUBLEMENT

Faïences hispano - mauresques et italiennes

PORCELAINES

CANAPÉS EN TAPISSERIE DU TEMPS DE LOUIS XVI

MEUBLES

Mobilier courant

TABLEAUX MODERNES

PAR

BRASCASSAT, J.-L. BROWN, CICÉRI, N. DIAZ, A. DE DREUX
J. DUPRÉ, ISABEY, PH. ROUSSEAU, SCHREYER, VEYRASSAT, ETC.

DONT LA VENTE AURA LIEU A PARIS

HOTEL DROUOT, Salle N° 2

Le Jeudi 21 Avril 1910, à deux heures

COMMISSAIRE-PRISEUR

M. F. ALBINET, 24, rue d'Aumale, 24

EXPERTS

Pour les Tableaux :

M. MALLET

13, rue du Helder, 13

Pour les Objets d'art :

MM. MANNHEIM

7, rue Saint-Georges, 7

EXPOSITION PUBLIQUE

Le Mercredi 20 Avril 1910, de 1 h. 1/2 à 5 h. 1/2.

Tableaux Modernes

BOUTEILLE (Louise)

1 — *Jeune femme en costume empire, debout dans un parc.*

700 Haut., 2 mètres; larg., 1 m. 38.

BRASCASSAT

2 — *Moutons broutant les feuilles d'un arbre.*

Sépia.

80 Signé au milieu.

Haut., 17 cent.; larg., 21 cent.

BRISSOT

3 — *Berger et son troupeau, effet d'orage.*

Signé à droite.

Bois. Haut., 18 cent.; larg., 24 cent.

BROWN (J.-L.)

4 — *Cavalier arabe au galop.*

415 Signé à droite et daté : *1860*.

Chaine et Simonson Bois. Haut., 27 cent.; larg., 14 cent.

COCK (César de)

5 — *Les Laveuses, effet de matin.*

Signé à droite et daté : *1879.*

Toile. Haut., 48 cent.; larg., 67 cent.

CICÉRI

6 — *Le Torrent.*

Signé à droite et daté : *1851.*

Bois. Haut., 25 cent.; larg., 43 cent.

CLAUDE (Eug.)

7 — *Gerbe de fleurs des champs.*

Signé à droite.

Toile. Haut., 90 cent.; larg., 1 m. 20.

CLAYS

8 — *Voiles en pleine mer.*

La mer est calme; plusieurs barques, les voiles pendantes, attendent le vent pour reprendre la pêche.

Signé à droite.

Bois. Haut., 55 cent.; larg., 42 cent.

DIAZ (N.)

9 — *Tête de femme.*

Vue de face, sa chevelure blonde se répand en boucles sur les épaules nues.

Signé à droite.

Toile de forme ovale. Haut., 60 cent.; larg., 48 cent.

DREUX (A. de)

10 — *Jockey à l'entraînement.*

Signé à gauche.

Toile. Haut., 23 cent.; larg., 30 cent.

DREUX (A. de)

11 — *Cheval de course monté par un jeune garçon d'écurie.*

Aquarelle.

Signée à droite.

Haut., 18 cent.; larg., 30 cent.

DUPRÉ (Jules)

12 — ***Marine.***

Les nuages courent dans le ciel comme à l'approche de l'orage et les vagues se couvrent d'écume ; quelques barques de pêche gagnent rapidement le large en bondissant sur la lame.

Signé à droite.

Toile. Haut., 53 cent. ; larg., 64 cent.

12

ÉCOLE FRANÇAISE

13 — *Portrait d'homme.*

Toile. Haut., 78 cent.; larg., 60 cent.

ISABEY

14 — *Combat naval.*

Provenant de la vente de l'atelier Isabey.

Toile. Haut., 50 cent ; larg., 73 cent.

LEMMENS

15 — *Poulailler.*

Signé à gauche.

MÉLIN

16 — *Chien courant.*

Signé à droite et daté : *1850*.

Toile. Haut., 50 cent.; larg., 40 cent.

RICHET

17 — *La Ferme.*

Bois. Haut., 26 cent.; larg., 36 cent.

ROUSSEAU (Ph.)

18 — *Poulailler.*

Signé à droite.

Bois. Haut., 27 cent.; larg., 38 cent.

SCHREYER

19 — *Chevaux sous un abri.*

Un groupe de chevaux, pour se protéger contre le vent glacé qui balaie la plaine, se tiennent serrés sous un abri de branches sèches.

Signé à droite.

Bois. Haut., 17 cent.; larg., 34 cent.

19

VEYRASSAT

20 — *Le Poulailler.*

Un coq au plumage étincelant, deux poules près d'une écuelle verte; le groupe se détachant sur un fond de muraille.

Œuvre importante du peintre.

Signé à gauche et daté : *1881.*

Toile. Haut., 80 cent.; larg., 1 m. 10.

VEYRASSAT

21 — *La Plage de Dieppe à marée basse.*

Signé à droite avec cette dédicace : *A Éd. Hédouin, son ami Veyrassat.*

Bois. Haut., 19 cent.; larg., 36 cent.

WEBER (Th.)

22 — *Barques de pêche prenant la mer.*

Signé à droite.

Toile. Haut., 62 cent.; larg., 92 cent.

Objets d'Art et d'Ameublement

PORCELAINES ET FAIENCES

23 — Pot ovoïde, en ancienne porcelaine de Chine, décor de fleurs et d'oiseaux. Époque Kien-Lung.

24 — Deux plats creux, en ancienne porcelaine de Chine : arbustes en bleu.

25 — Hanap-casque en ancienne porcelaine de Chine, décoré de branches fleuries et d'un mascaron.

26 — Plat à barbe, en ancienne porcelaine de Chine, décoré de branches fleuries et de médaillons contenant des poissons et des crevettes.

27 — Veilleuse en ancienne porcelaine de Hoechst, décor de mascarons en relief, de fleurs et de petits médaillons.

28 — Cabaret solitaire, en ancienne porcelaine tendre de Sèvres, à décor de guirlandes de fleurs et de petits médaillons bleus chargés de rosaces dorées. Il se compose d'un plateau sur pied bas, d'un pot à lait, d'un sucrier avec couvercle et d'une tasse avec sa soucoupe.

29 — Grand plat à sujet saint et inscription, en ancienne terre vernissée allemande.

30 — Potiche avec couvercle, en ancienne faïence de Delft, décor bleu de style chinois.

31 — Grand plat rond, en ancienne faïence de Moustiers, décor bleu : écusson d'armoiries timbré d'une couronne de duc.

32 — Deux bassins variés, décor bleu. Ancienne faïence de Moustiers.

33 — Compotier en ancienne faïence de Rouen, décor au carquois.

34 — Deux plats, même faïence (?) décor bleu : armoiries avec lambrequins au marli.

35 — Deux cornets décorés chacun d'un médaillon et de trophées en ancienne faïence de Faenza, avec la date : *1602*.

36 — Plat décoré d'un buste d'évêque, avec la légende : *San Augustinus*. Ancienne faïence de Faenza.

37 — Plat creux, en ancienne faïence de Gubbio, décor en bleu et à reflets métalliques rouge rubis: au fond, l'Amour enchaîné; au marli, des cornes d'abondance, des dauphins et des mascarons. Au revers, la lettre *D* et des paraphes.

Diam., 25 cent.

38 — Plat rond en ancienne faïence d'Urbino : armoiries entourées de grotesques.

39 — Bassin rond, en ancienne faïence hispano-mauresque, décor bleu et à reflets métalliques. Au centre, le monogramme du Christ; alentour et sur la chute et le marli, de menus branchages fleuris. Au revers, des fleurettes.

Diam., 45 cent.

OBJETS VARIÉS

40 — Éventail à monture d'ivoire argenté; feuille en soie, à sujet galant, avec paillettes. Époque Louis XVI.

41 — Éventail à monture d'ivoire peint et doré; feuille à sujet champêtre. Époque Louis XV.

42 — Grande boite lenticulaire, en ancien émail cloisonné de la Chine, à décor de paysages et fleurs sur fond bleu. Elle est ornée intérieurement.

37

8600

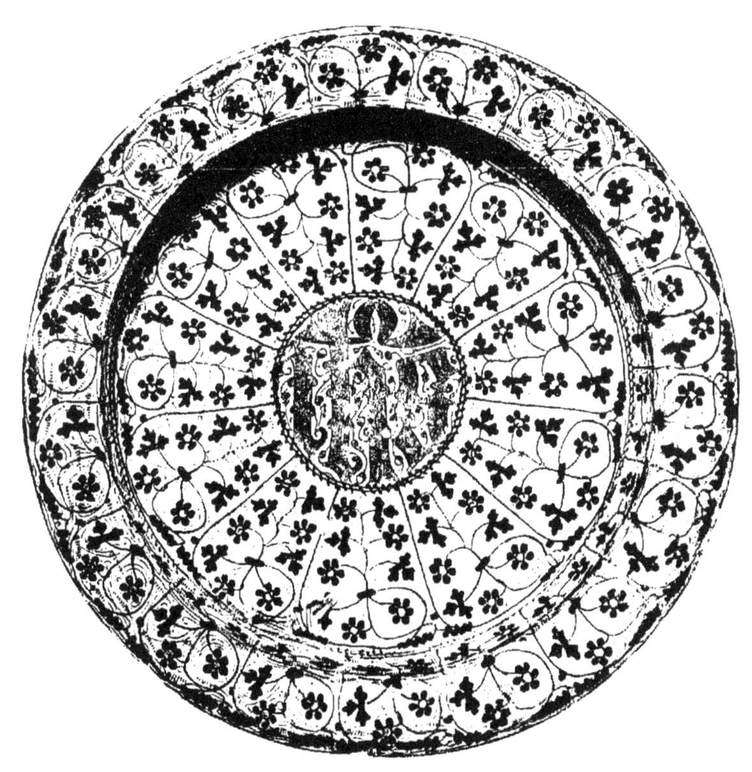

39

14.000

43 — Grande boite sphérique, décorée de dragons dans les flammes, en laque rouge de Pékin.

44 — Grand cartel en bronze doré, surmonté d'un vase et encadré de guirlandes de laurier.

MEUBLES

45 — Petit cabinet à portes et tiroirs, en bois noir guilloché, avec incrustations de bois de couleurs à dessin de sujets galants. xviie siècle.

46 — Armoire à deux portes et deux tiroirs, en bois sculpté, à décor de feuillages, fruits et mascarons, et avec montants à têtes humaines. xviie siècle.

47 — Grande armoire en acajou sculpté, décorée de rocailles, de palmettes, d'oiseaux et de trophées d'armes de style antique. Elle ferme à deux portes et présente, sur le côté, deux autres portes. Le fronton contient une pendule. L'intérieur forme commode et cabinet. Époque Louis XV.

Haut., 3 m. 75; larg., 1 m. 90.

48 — Bureau à dos d'âne, en bois de placage à quadrillés; l'abattant est placé au-dessus de deux rangs de tiroirs et masque des casiers et d'autres tiroirs. Garniture de bronzes. Époque Louis XV.

49 — TABLE-RAFRAICHISSOIR en acajou, contenant un tiroir, et avec tablette de marbre brèche d'Alep. Elle contient deux seaux en cuivre argenté. Époque Louis XV.

50 — DEUX CANAPÉS-MARQUISES, en bois doré, couverts en tapisserie du temps de Louis XVI, à dessin de corbeilles et guirlandes de fleurs, sur fond crème.

Larg., 1 m. 10.

51 — MEUBLE-TOILETTE en acajou, garni de cuivres, contenant des tiroirs et avec portes et compartiments dans les côtés cintrés. Dessus à abattant muni d'une glace. Commencement du XIXe siècle.

52 — TABLE A JOUER en bois de placage avec incrustations de cuivre à décor de palmettes et fleurons. Commencement du XIXe siècle.

53 — Sous ce numéro, meubles courants, tels que : lit, console, buffet, sièges, servantes, etc. Seront divisés.

RED. :

20

0 1 2 3 4 5 6 7 8 9 10

www.ingramcontent.com/pod-product-compliance
Ingram Content Group UK Ltd.
Pitfield, Milton Keynes, MK11 3LW, UK
UKHW020224180726
13838UKWH00005B/2174